这本书属于

……………………

有我陪着你，你会很舒服

[英] 奇特拉·索纳尔 / 著
[英] 普纳姆·米斯特里 / 绘
阿甲 / 译

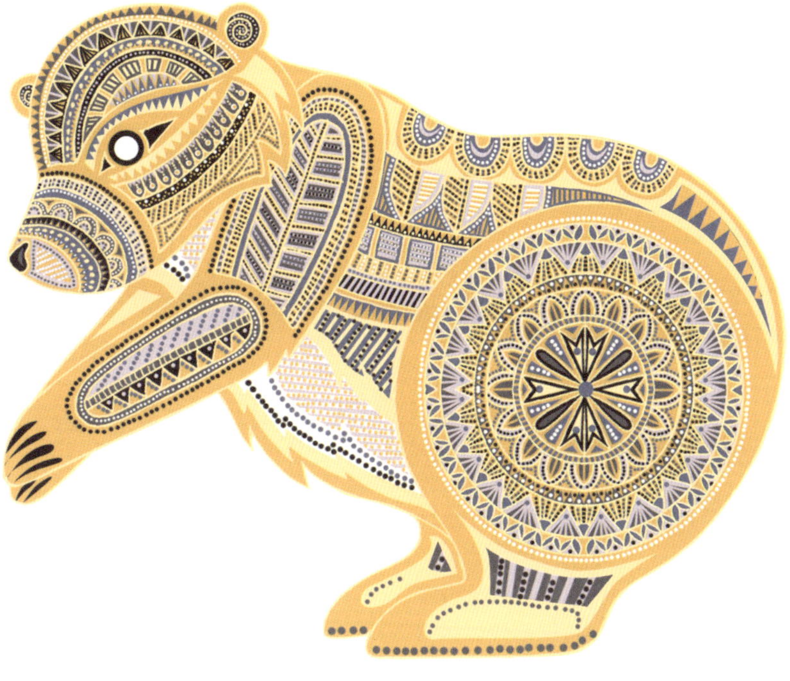

海南出版社
·海口·

当柳树变成深红色时，
北极熊妈妈在离海不远的雪堆里
挖了个洞。

她做了一个刚好够翻身的窝，
等着落雪将洞口封住。

当天气变得寒冷时，她生下了两只小熊宝宝。
他们还什么也看不见、听不见，但长得很快。

“嘘——”熊妈妈低声说，
“有我陪着你们，你们会很舒服。”

冬天越来越冷，
熊宝宝们在冰冷的熊窝里不停地探索。
“妈妈，洞外面是什么地方？”他们问。

“我们上面是一片冰雪大地。”熊妈妈说。

熊宝宝们瑟瑟发抖。

“别害怕。”熊妈妈说，
“积雪给我们带来坚硬的冰层，
让我们能安全地在这片大地上行走。”

“我们能到处随便走吗？”熊宝宝们问。

“只能在我们能走的雪地上。”熊妈妈回答，

“现在先安静下来，有我陪着你们，你们会很舒服。”

夜晚越来越长，
熊宝宝们也越来越无聊。
“冰雪之外还有什么？”他们问。

“冰雪之外是海洋，”熊妈妈说，
“里面全是很久以前的冰。”

熊宝宝们打着冷战。

“别害怕。”熊妈妈说，
“只要冰层没有融化，
我们就永远不会挨饿。”

“冰层会融化吗？”熊宝宝们问。

“没人爱护，它就会融化。”熊妈妈回答，

“不过现在先安静下来，
有我陪着你们，你们会很舒服。”

雪下得越来越大，
熊宝宝们也越来越好奇。
“天会一直这样黑吗？”他们问。

“现在天黑是因为在冬天的
这几个月里我们远离太阳。”

熊宝宝们浑身发抖。

“别害怕。”熊妈妈说，
“地球在踮着脚尖跳舞，
当她斜过来的时候，
我们的夜晚会变短，
春天将重回大地。”

“那要是
地球摔倒了呢？”
熊宝宝们问。

“地球的脚步从不会动摇。”
熊妈妈回答，

“现在先安静下来，
有我陪着你们，你们会很舒服。”

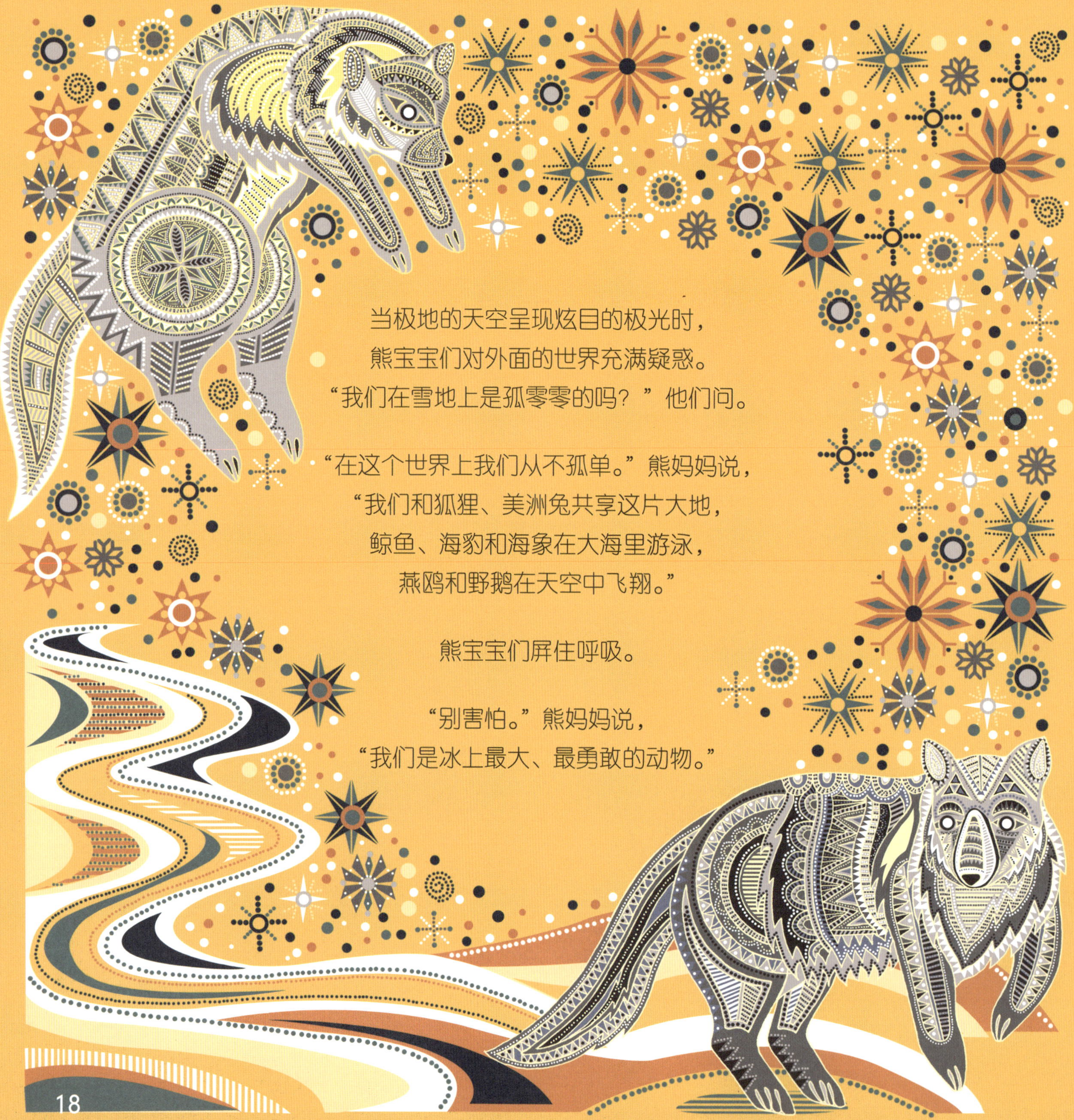

当极地的天空呈现炫目的极光时，
熊宝宝们对外面的世界充满疑惑。
“我们在雪地上是孤零零的吗？”他们问。

“在这个世界上我们从不孤单。”熊妈妈说，
“我们和狐狸、美洲兔共享这片大地，
鲸鱼、海豹和海象在大海里游泳，
燕鸥和野鹅在天空中飞翔。”

熊宝宝们屏住呼吸。

“别害怕。”熊妈妈说，
“我们是冰上最大、最勇敢的动物。”

“那一切都是我们的吗？”熊宝宝们问。

“我们应该
只拿我们
需要的东西。”
熊妈妈回答，

“现在先安静下来，
有我陪着你们，
你们会很舒服。”

当冰冷的风横扫这片大地时，
熊宝宝们想象着他们在地面上的生活。

“您会一直陪着我们吗？”他们问。

“直到你们做好准备，
能独立生活之前。”
熊妈妈说。

熊宝宝们呜咽起来。

“别害怕。”熊妈妈说，
“在我离开之前，
我会教你们我所知道的一切。”

“如果我们不想独自生活呢？”熊宝宝们问。

“在你们有需要时，你们就会找到一个朋友。”熊妈妈回答，

“现在先安静下来，
有我陪着你们，你们会很舒服。”

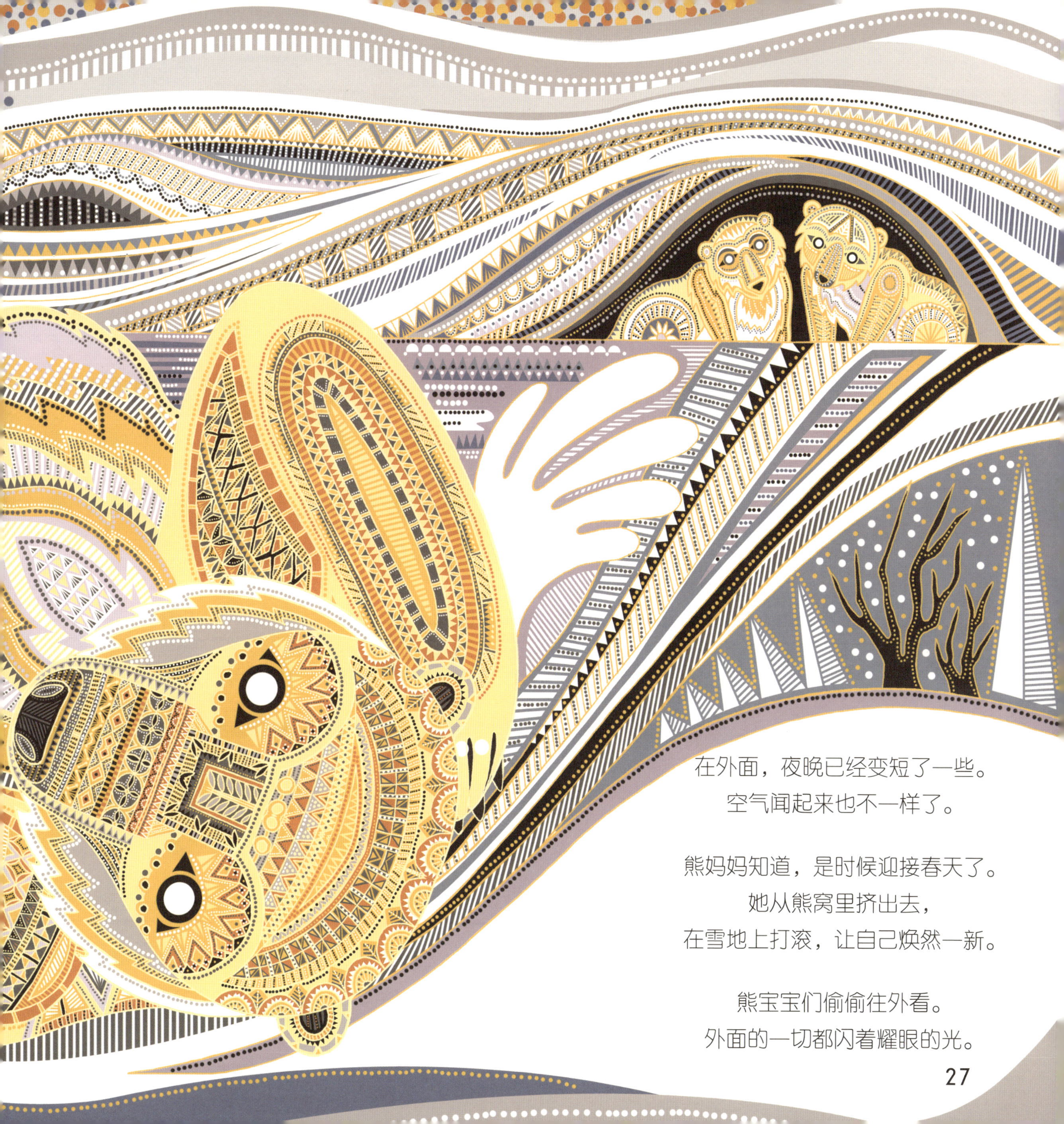

在外面，夜晚已经变短了一些。
空气闻起来也不一样了。

熊妈妈知道，是时候迎接春天了。
她从熊窝里挤出去，
在雪地上打滚，让自己焕然一新。

熊宝宝们偷偷往外看。
外面的一切都闪着耀眼的光。

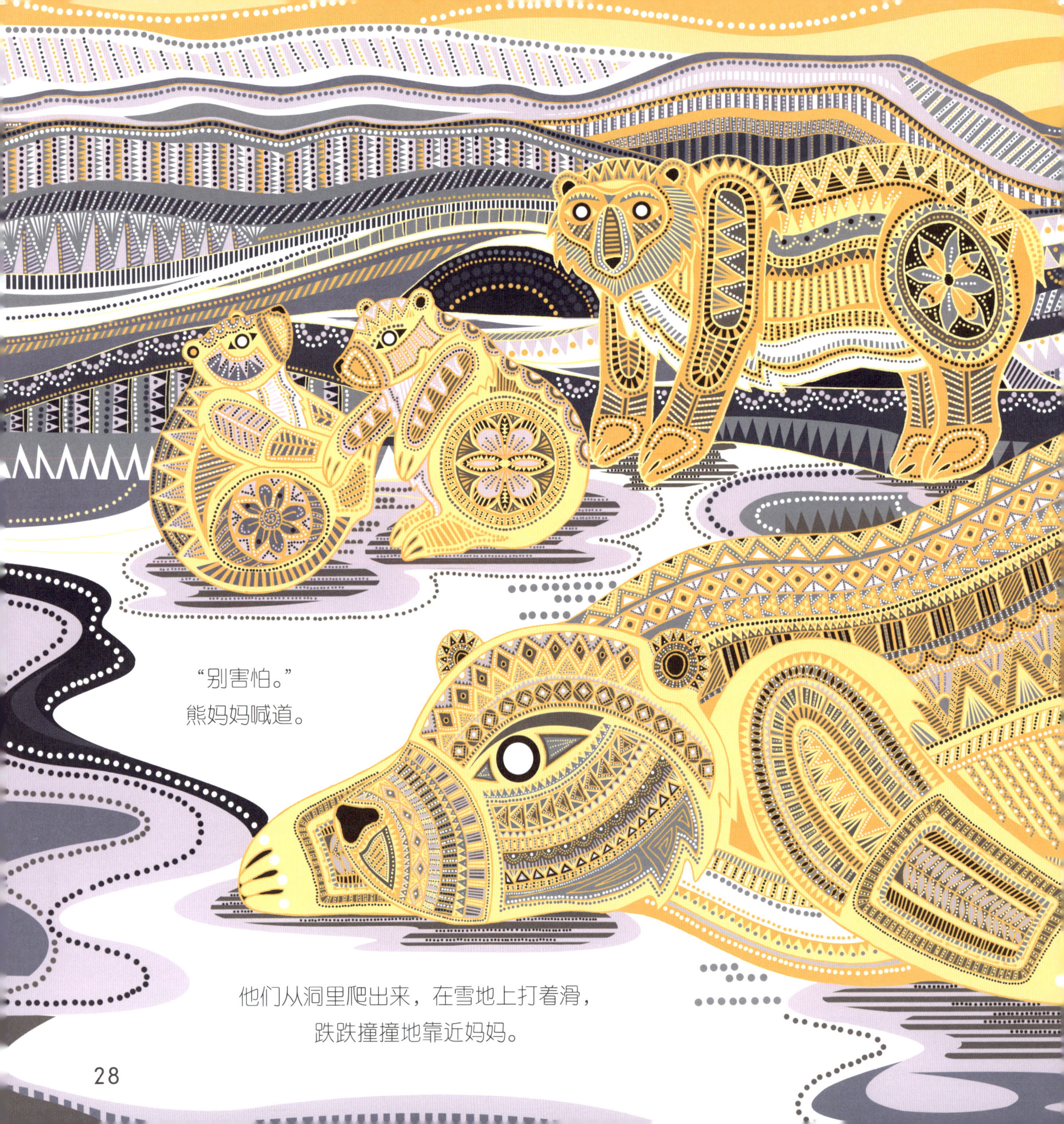

“别害怕。”
熊妈妈喊道。

他们从洞里爬出来，在雪地上打着滑，
跌跌撞撞地靠近妈妈。

熊妈妈看着她的宝宝们
在雪地上迈出第一步，
低声说：

“有我陪着你们，你们会很舒服。”

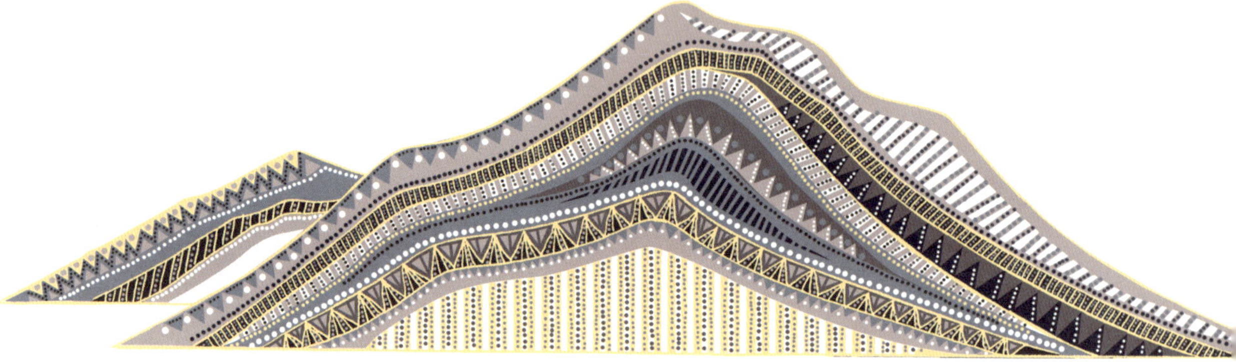

亲爱的读者：

我写下这本书是为了展示我们极地的奇观。在这里，我们可以看到纯净洁白的雪、波光粼粼的碧蓝大海，还有闪烁着绿色和粉红色光芒的北极光。

这是我们发现雄壮的北极熊的地方，它们是最大的陆地食肉动物。但你知道吗？北极熊幼崽出生时并不比豚鼠大。尽管北极非常寒冷，但北极熊皮下的一层被称为鲸脂的脂肪，能帮它们保暖。北极熊的皮肤是黑色的，可以吸收太阳的热能，而它们的毛发是空心的，只因反射雪地上的光而呈现出白色。事实上，如果北极熊生活在炎热的气候里，它们的皮毛会长出藻类而被染成绿色！

这本书并不仅仅是关于熊妈妈和她的两个好奇宝宝的故事。我希望你和读到这本书的所有孩子，就像那两只熊宝宝一样，明白这个自然世界是我们唯一的家。即使我们是这颗星球上最强大的捕食者，我们也不会独自生存，我们应该只拿我们需要的东西。

我希望这个故事能激发你的好奇心，让你想知道你住在哪里，和谁分享大地、天空和海洋。最重要的是，我希望我们能共同努力，爱护这颗令人敬畏的星球——我们的家园。

奇特拉

献给每一位无微不至地爱护我们这颗神奇星球的人。
——奇特拉 · 索纳尔

献给爸爸、妈妈、蒂姆波和普丽娅。
——普纳姆 · 米斯特里

图书在版编目（CIP）数据

有我陪着你，你会很舒服 /（英）奇特拉 · 索纳尔 (Chitra Soundar) 著；（英）普纳姆 · 米斯特里 (Poonam Mistr) 绘；阿甲译 . -- 海口：海南出版社，2022.5

书名原文：YOU' RE SNUG WITH ME

ISBN 978-7-5730-0459-8

Ⅰ . ①有… Ⅱ . ①奇… ②普… ③阿… Ⅲ . ①儿童故事 – 图画故事 – 英国 – 现代 Ⅳ . ① I561.85

中国版本图书馆 CIP 数据核字 (2022) 第 048208 号

有我陪着你，你会很舒服
YOU WO PEIZHE NI, NI HUI HEN SHUFU

作　　者：	[英] 奇特拉 · 索纳尔	绘　　者：	[英] 普纳姆 · 米斯特里
译　　者：	阿　甲	出 品 人：	王景霞
责任编辑：	周　毅	策划编辑：	长　娥
责任印制：	杨　程	印刷装订：	北京雅图新世纪印刷科技有限公司
出版发行：	海南出版社	读者服务：	唐雪飞
总社地址：	海口市金盘开发区建设三横路 2 号	邮　　编：	570216
北京地址：	北京市朝阳区黄厂路 3 号院 7 号楼 102 室	电子邮箱：	hnbook@263.net
电　　话：	0898-66812392　010-87336670	版　　次：	2022 年 5 月第 1 版
开　　本：	787 mm × 1 092 mm　1/12	印　　次：	2022 年 5 月第 1 次印刷
印　　张：	3	字　　数：	40 千字
书　　号：	ISBN 978-7-5730-0459-8	定　　价：	52.00 元

奇特拉·索纳尔

一位出生于印度的英国作家、讲故事的人。她出版了 30 多本书，故事灵感来自印度丰富的史诗、民间故事以及自然美景。

普纳姆·米斯特里

一位印度裔英国插画家，拥有平面设计和插画专业学位。她的作品深受自然、民间传说和印度传统艺术的影响。

阿甲

童书作者、译者、研究者与推广人，红泥巴创始人，喜马拉雅“阿甲说书”主播，国家图书馆“文津图书奖”评委。译有《星星是怎么来的？》等 200 多种绘本。